PREMIÈRE VENTE

CATALOGUE D'ANTIQUITÉS ÉGYPTIENNES

ET DE

STATUES ANTIQUES

GRECQUES & ROMAINES

FORMANT LA PREMIÈRE PARTIE

De la Collection rassemblée par M. J.-B. BARROIS

ANCIEN DÉPUTÉ DU NORD

dont la vente aux enchères publiques aura lieu

A PARIS

HOTEL DES VENTES MOBILIÈRES

Rue Drouot, 5

SALLE N° 1, AU PREMIER ÉTAGE

Les Mercredi 12 et Jeudi 13 Mars 1862

A UNE HEURE

Par le ministère de Mᵉ **Félix SCHAYÉ**, Commissaire-Priseur, rue de Cléry, 5,

Assisté de **M. MANNHEIM**, Expert, rue de la Paix, 10.

EXPOSITIONS

Particulière : Les Dimanche 9 et Lundi 10 Mars 1862.

Publique : Le Mardi 11 Mars 1862.

1862

RENOU ET MAULDE
IMPRIMEURS DE LA COMPAGNIE DES COMMISSAIRES-PRISEURS
Rue de Rivoli, 144.

PREMIÈRE VENTE

CATALOGUE

D'ANTIQUITÉS ÉGYPTIENNES

ET DE

STATUES ANTIQUES

GRECQUES & ROMAINES

FORMANT LA PREMIÈRE PARTIE

De la Collection rassemblée par M. J.-B. BARROIS

ANCIEN DÉPUTÉ DU NORD

dont la vente aux enchères publiques aura lieu

A PARIS

HOTEL DES VENTES MOBILIÈRES

Rue Drouot, 5 

SALLE N° 1, AU PREMIER ÉTAGE

Les Mercredi 12 et Jeudi 13 Mars 1862

A UNE HEURE

Par le ministère de **Me Félix SCHAYÉ**, Commissaire-Priseur, rue de Cléry, 5,

Assisté de **M. MANNHEIM**, Expert, rue de la Paix, 10.

EXPOSITIONS

Particulière : Les Dimanche 9 et Lundi 10 Mars 1862.

Publique : Le Mardi 11 Mars 1862.

1862

CONDITIONS DE LA VENTE

Elle sera faite au comptant.

Les acquéreurs paieront, en sus des adjudications, CINQ centimes par franc.

LE PRÉSENT CATALOGUE SE DISTRIBUE :

A Paris..........	Chez MM.	Félix Schayé, Cre-Priseur, rue de Cléry, 5.
—		Mannheim, Expert, rue de la Paix, 10.
A Londres.......		D. Nutt, 270, Strand.
—		Trubner & Co, 60, Paternoster Row.
A Berlin.........		A. Asher & Cie, Libraires.
A Vienne........		Gérold fils, Libraire.
A Leipzig........		A. Franck, Libraire.
—		F. A. Brockhaus, Libraire.
A Bruxelles......		Mucquardt, Libraire.
A St-Pétersbourg.		Bietepage & Kalougine, Gostinnoi Dwore.

La Collection dont nous annonçons la vente par ce Catalogue ne constitue qu'une faible partie du riche Cabinet rassemblé à grands frais, et avec une rare persévérance, par un amateur distingué, M. J.-B. BARROIS, connu du monde savant par ses travaux sur la *Dactylologie* et le *Langage* primitif.

Chargé de vendre les monuments qu'il avait recueillis, nous avons pensé que la Collection confiée à nos soins se divisait naturellement en deux parties bien distinctes, l'une spécialement relative aux travaux de M. BARROIS, dont nous avons réservé la vente à une autre époque, qui sera prochainement indiquée; l'autre, qui s'adresse beaucoup plus à la généralité du public, formée surtout au point de vue de l'art et renfermant des spécimens des classes de monuments et d'antiquités les plus diverses. C'est cette partie de collection qui sera livrée aux enchères les Mercredi 12 et Jeudi 13 Mars.

Elle se fait remarquer par sa variété et renferme un grand nombre d'objets précieux dont on trouvera l'énumération dans le catalogue. Nous signalerons, entre autres, le premier bas-relief assyrien un peu considérable qui ait jusqu'à présent figuré dans une vente publique, plusieurs belles stèles égyptiennes, un important manuscrit hiératique du *Rituel funéraire*, une riche série de sculptures en bois de travail indien; enfin, toute la suite des marbres grecs et romains. Il y a dans cette dernière suite des morceaux de l'ordre le plus élevé et jamais une aussi considérable réunion de statues antiques n'avait encore été mise en vente à Paris.

Nous avons consulté pour la rédaction du catalogue plusieurs hommes versés dans les sciences historiques. Nous avons eu surtout recours aux lumières du jeune héritier d'un des plus beaux noms de l'éruditions française, M. François Lenormant, qui, dans les cas les plus difficiles, nous a aidé de ses conseils et de sa direction bienveillante.

DÉSIGNATION

MONUMENTS ÉGYPTIENS

1 — GRANIT NOIR. — Statuette funéraire d'un prêtre d'Ammon, de l'esprit seigneur de Tat et de Phtah, nommé *Pân* (?). Il est représenté accroupi. Devant lui sont les figures en relief d'Osiris entre Isis et Nephthys. De chaque côté, on voit gravées en creux les images d'Ammon générateur, de Mouth, de Neith et d'Oph sous la forme d'un hippopotame femelle. Dans le dos est une légende hiéroglyphique.

H. 50 c.

2 — ALBATRE. — Fragment très-mutilé d'une statuette d'un prêtre d'Ammon, nommé *Scha-em-oph*, qui était représenté agenouillé, tenant un naos devant lui.

H. 30 c.

3 — PIERRE CALCAIRE. — Belle stèle funéraire de forme carrée, du temps de la XIIe dynastie, consacrée à la mémoire d'un individu nommé ....-*nekht* et de sa femme *Nout*. Quatre lignes d'invocation en grands hiéroglyphes. Le défunt, sa femme, son père et sa mère, assis, en deux groupes opposés, auprès de la table des offrandes. Au-dessous, en trois registres, les divers membres survivants de la famille du défunt, au nombre de 21, sœurs, fils, filles, neveux, apportent les offrandes funéraires.

H. 97 c. L. 59 c.

4 — Pierre calcaire. — Stèle funéraire de deux architectes, père et fils, l'un nommé *Aménéi* et l'autre *Ousertasen*. Époque de la XIIe dynastie. Invocation en 14 lignes d'écriture hiéroglyphique. Au-dessous, composition en deux registres : 1° Les deux défunts assis en face l'un de l'autre auprès de la table des offrandes ; 2° cinq personnages de la famille rendant le culte domestique à un frère d'*Aménéi*, probablement mort avant lui et nommé *Ousertasen*. Ce personnage est assis, ayant devant lui la table des offrandes.

H. 61 c. L. 35 c.

5 — Calcaire. — Stèle funéraire d'un flabellifère du roi Thouthmès IV (XVIIIe dynastie), nommé *Smen*, et de sa femme *Hos-Ra*. Sujet à deux registres : 1° *Smen* et sa femme font une offrande à Osiris, résidant dans l'Amenti, seigneur d'Abydos. 2° Le fils des défunts, *Naï*, leur fait les offrandes du culte de famille, verse une libation et brûle de l'encens en leur honneur ; la fille offre des fleurs de lotus à son grand-père et à sa grand-mère, nommés *Schesou* et *Tenna*. Au-dessous, cinq lignes d'invocations à Osiris en caractères hiéroglyphiques.

H. 87 c. L. 36 c.

6 — Grès. — Stèle funéraire contenant l'épitaphe d'un individu occupant un rang élevé dans la caste sacerdotale, nommé *Har-em-schet* (?), fils de la dame de maison *Noub-titi*, de sa femme *Het-em-hébi*, fille de *Chout-antef*, de sa fille *Snebt*, de son fils *Har-aa*, né d'une première femme *Rans-sneb*, de son frère le prêtre *Horus*, de son second frère le

prêtre *Har-ounenf*, de son troisième frère *Har-chou*, et d'un autre parent le prêtre *Antef*. L'épitaphe, commençant par une invocation à Osiris, compte neuf lignes. Entre la troisième et la quatrième, on voit les figures de *Har-em-schet* et de *Het-em-hébi* debout, accompagnées de leurs noms.

H. 55 c. L. 33 c.

7 — Pierre calcaire. — Stèle funéraire, de travail très-grossier, consacrée à la mémoire d'un prêtre d'Ammon. Le mort fait des offrandes à Phré et à Anubis. Au-dessous, quatre lignes d'invocations à Osiris.

H. 49 c. L. 34 c.

8 — Pierre calcaire. — Stèle funéraire de travail très-grossier, consacrée à la mémoire d'un prêtre d'Osiris, nommé *Hor*. Le défunt adore Osiris et Isis. Au-dessous, invocation en deux lignes de caractères hiéroglyphiques.

H. 23 c. L. 18 c.

9 — Pierre calcaire. — Stèle funéraire de travail très-grossier, consacrée à la mémoire d'un individu de la caste sacerdotale, nommé *Sjek*. Le défunt adore Phré hiéracocéphale et Isis. Au-dessous, quatre lignes d'invocations à Osiris, en caractères hiéroglyphiques.

H. 41 c. L. 27 c.

10 — Pierre calcaire. — Petite stèle funéraire, de travail grossier, d'un gardien du temple de Phré nommé *Thoth*, d'un autre personnage appelé *Ranf-sneb*, d'un nommé *Her-f*, et d'un quatrième individu

dont le nom est effacé. Trois lignes d'invocations en caractères hiéroglyphiques. Au-dessous, représentation en deux registres. D'abord, *Thoth* et *Ranf-sneb* assis en face l'un de l'autre auprès de la table d'offrandes ; puis, les deux autres personnages dans la même attitude.

H. 19 c. L. 16 c.

11 — Pierre calcaire. — Stèle funéraire de cinq hommes de la caste sacerdotale, nommés *Sevek-oer*, *Ankh-Aménéi*, *Sevek-hotp*, *Chonsou-chev*, *Aï-sneb*, *Annebf* et *Ti-en-aménéi*, et de deux femmes appelées *A-ta* et *Neb-akou*. Le monument est divisé en trois parties. A la partie supérieure, on voit la figure de *Sevek-oer* assis sur un trône et respirant une fleur de lotus, accompagnée d'une invocation à Phtah-Sokhar-Osiris en neuf colonnes verticales de caractères hiéroglyphiques. A la partie intermédiaire sont, disposés en deux registres, les huit autres défunts, accroupis, ayant auprès d'eux leurs noms. Enfin, à la partie inférieure on lit une invocation en trois lignes d'hiéroglyphes.

H. 52 c. L. 33 c.

12 — Pierre calcaire. — Stèle funéraire encore ornée de peintures, consacrée à la mémoire d'un scribe qui se nommait (comme un des nombreux fils de Rhamsès II) *Scha-em-tap*. Le père du défunt, suivi de son fils, de son petit-fils et de sa petite-fille, adore Osiris, seigneur d'Abydos. Au-dessous, inscription hiéroglyphique en sept lignes. Ce monument doit être environ contemporain de la XIXe dynastie.

H. 53 c. L. 37 c.

13 — Pierre calcaire. — Stèle funéraire d'un patron de barque au service du roi, nommé *Méri-Ra*, fils d'*Atef-neb-ma*. Divisé en deux registres : 1° Les défunts *Atef-neb-ma* et sa femme, assis, reçoivent les offrandes du frère du mort, *Taï*. 2° Les défunts *Méri-Ra* et sa femme reçoivent les offrandes de leurs fils *An-hé-t* et *Néfer-hé-t*. Au-dessous, cinq lignes de prières à Osiris.

H. 56 c. L. 30 c.

14 — Pierre calcaire. — Stèle funéraire d'un nommé *Aa-obé* et de sa mère *Merrit*. Cinq lignes d'invocations à Osiris en caractères hiéroglyphiques. Au-dessous est représentée une scène divisée en deux registres. Au registre supérieur, le mort et sa mère sont assis en face l'un de l'autre auprès de la table des offrandes funéraires. Au registre inférieur, les deux sœurs du défunt, *Hont* et *Selk*, sont figurées faisant des offrandes.

H. 48 c. L. 26 c.

15 — Pierre calcaire. — Stèle funéraire de travail très-grossier, d'un nommé *Ha-f-em-ra*. Le mort faisant des offrandes à Osiris assis et à Isis, qui se tient debout derrière le dieu son époux. Au-dessous, on voit un prêtre faisant des offrandes et des libations à deux défuntes assises, et la déesse Nout, la mère des dieux, qui, du haut de l'arbre de vie verse, comme dans le chapitre 59 du *Rituel funéraire*, l'eau céleste à deux âmes qui la reçoivent sur leurs mains. L'âme est ici, comme sur tous les monuments égyptiens, représentée par un oiseau à tête et à bras humains. Dans ce dernier tableau, les places réservées pour les légendes n'ont pas été remplies.

H. 34 c. L. 28 c.

16 — PIERRE CALCAIRE. — Stèle funéraire d'un individu nommé *Har-mes*, Travail extrêmement grossier. Les représentations sont divisées en deux registres : 1° Le défunt fait une libation à Osiris assis sur son trône, à Isis et à Harsiési, qui se tiennent debout derrière le dieu. 2° Les six enfants du mort s'associent à son adoration. Ce sont : son fils *Hapi-moou*, son fils *Har-nekht*, sa fille *Esi-scha*, sa fille *Chou-en-Esi*, sa fille *Nefer-ronpé*, et une dernière fille plus jeune dont le nom n'est pas écrit.

H. 39 c. L. 24 c.

17 — PIERRE CALCAIRE. — Stèle funéraire d'un individu nommé *Kako*. Invocations à Osiris en trois lignes de caractères hiéroglyphiques. Au-dessous, une scène divisée en deux registres : 1° Le défunt assis auprès de la table d'offrandes, sur un siége ; en face de lui est sa femme *Sevek-se-t*, accroupie. 2° Leurs deux fils, *Obé* et *Chou*, accroupis en face l'un de l'autre.

H. 31 c. L. 19 c.

18 — GRÈS. — Bas-relief funéraire. Deux défunts, *Phtah-mès* et *Phré-en-her* (?), assis avec leurs femmes, en deux groupes opposés, auprès de la table des offrandes.

H. 45 c. L. 61 c.

19 — PIERRE CALCAIRE. — Stèle funéraire assez grossière. Un nommé *Poëri* fait les offrandes funèbres à son père. Au-dessous, le défunt *Poëri* et sa sœur, également défunte, assis en face l'un de l'autre auprès de la table des offrandes.

H. 37 c. L. 24 c.

20 — Pierre calcaire. — Stèle funéraire dont les légendes sont trop effacées pour qu'on puisse les lire avec certitude. Le mort adore Osiris assis et Phré hiéracocéphale, debout, coiffé du *schent.* Au-dessous, les enfants du mort, quatre fils et une fille, s'associent à son adoration.

H. 31 c. L. 21 c.

21 — Granit de Syène. — Fragment d'une inscription hiéroglyphique en colonnes verticales, trop mutilé pour qu'on y distingue le sens d'une seule phrase.

22 — Grès. — Petite stèle funéraire carrée, d'un travail très-grossier des temps romains. La momie du mort présentée à Osiris et à Isis par Anubis, qui intercède pour lui. Au-dessous, le nom du mort et celui de son père en caractères démotiques.

H. 27 c. L. 17 c.

23 — Terre émaillée. — Amulette représentant *Ammon-Chnouphis,* l'âme du monde, le premier démiurge ou créateur, à tête de bélier, debout, vêtu de la schenti.

24 — Bronze. — *Mouth*, la grande mère divine, l'épouse d'Ammon, debout, coiffée du schent complet.

H. 17 c.

25 — Terre emaillée. — Amulette représentant le dieu *Aah* ou Lunus agenouillé, soutenant le disque lunaire sur sa tête et ses bras élevés.

26 — Terre émaillée. — Deux figurines représentant *Phtah* démiurge sous l'apparence d'un nain difforme, aux jambes torses, analogue aux *Patèques* phéniciens.

27 — Terre émaillée verdatre. — Figurine fragmentée de *Pascht*, « la grande amante de Phtah, » la Diane égyptienne, à tête de lionne. Légende hiéroglyphique dans le dos.

28 — Terre émaillée. — Amulette représentant *Pascht* léontocéphale, debout, la tête surmontée du disque solaire.

29 — Terre émaillée. — Amulette à double face, représentant la tête d'*Hathor*, la Vénus égyptienne, munie d'oreilles de vache.

30 — Terre émaillée. — Figurine du dieu solaire *Nofré-Atom*, debout, avec sa coiffure caractéristique, dont la partie la plus importante se compose de deux pousses de palmier.

31 — Terre émaillée. — Amulette représentant *Oph*, forme de Nout, la déesse céleste, en tant que mère de Seth ou Typhon. Elle est figurée sous la forme d'un hippopotame femelle, debout, aux mamelles pendantes.

32 — Bronze. — *Isis* assise, allaitant son fils *Horus*. Aux pieds de la déesse est une légende hiéroglyphique.

H. 28 c.

33 — Terre émaillée. — Amulette représentant *Haroëris* (Horus l'aîné), la forme suprême du fils d'Osiris et d'Isis, debout, à tête d'épervier et coiffé du schent complet.

34 — Terre émaillèe. — Amulette représentant *Haroëris* hiéracocéphale, debout, coiffé du schent complet.

35 — Momie de jeune crocodile.

36 — SERPENTINE. — Amulette représentant une grenouille, symbole de multiplication et d'éternité.

37 — CORNALINE. — Amulette en forme de serpent imitant l'extrémité d'un phallus, symbole de régénération. Portant une inscription hiéroglyphique.

38 — BASALTE NOIR. — Amulette représentant un vase cordiforme, symbole des idées de cœur et d'existence active.

39 — Lot de 14 petits scarabées en terre émaillée et schiste émaillé.

40 — BOIS. — Caisse de momie d'une femme dont le nom a malheureusement disparu. Sur le dessus de la caisse on voit le vautour aux ailes éployées placé sur la poitrine de la morte, et une invocation en une colonne verticale de caractères hiéroglyphiques à moitié effacés. Sur le flanc droit est une ligne horizontale de caractères hiéroglyphiques, contenant des paroles mises dans la bouche d'Osiris, et au-dessous les figures d'Amset, d'Anubis et de Tat-mautf, accompagnées d'invocations à eux adressées. Sur le flanc gauche est une ligne horizontale de caractères hiéroglyphiques, contenant des paroles mises dans la bouche de la déesse Nout, et au-dessous, les figures de Hapi, d'Anubis et de Khebsenouf, accompagnées d'invocations à eux adressées. Aux pieds, on voit Isis debout sur le signe de l'or et les bras élevés.

A l'intérieur est la momie, enveloppée de ses bandelettes et de ses cartonnages. Elle porte sur le visage un masque doré ; sur la poitrine, un pectoral fort orné, avec au milieu la barque du Soleil sur les parties sexuelles, la figure de la déesse Nout, « grande mère des dieux, » les bras étendus, munie de deux ailes éployées, et assise sur le signe de l'or, avec une invocation ; sur les jambes, le symbole appelé *tat,* emblème de stabilité, et les images des quatre génies de l'Amenti, au-dessous desquelles commence une invocation en une co-colonne verticale de caractères hiéroglyphiques, qui se prolonge jusqu'aux pieds.

41 — ALBATRE. — Canope ou vase funéraire, surmonté de la tête humaine du génie nommé Amset. Exécuté pour un individu du nom de *Phtah-hébi.*

42 — ALBATRE. — Canope surmonté de la tête humaine du génie Amset. Exécuté pour un nommé *Psamétik.*

43 — ALBATRE. — Canope surmonté de la tête humaine du génie Amset. Le nom du défunt est resté en blanc dans l'invocation gravée sur le corps du vase.

44 — ALBATRE. — Canope ou vase funéraire, actuellement surmonté de la tête d'épervier du génie Khebse-nouf, mais qui devait originairement porter la tête humaine d'Amset. Exécuté pour un défunt nommé *Mer-en-Phtah.*

45 — ALBATRE. — Canope ou vase funéraire surmonté de la tête de cynocéphale du génie appelé Hapi. Exécuté pour un mort du nom de *Ahmès.*

46 — ALBATRE. — Canope ou vase funéraire, actuellement surmonté de la tête humaine d'Amset, mais qui devait originairement porter la tête de cynocéphale du génie Hapi. L'invocation gravée sur le corps du vase ne contient pas le nom du défunt.

47 — Terre émaillée bleuatre. — Figurine funéraire d'un nommé *An-er-djah*, contenant dans sa légende le texte complet du chapitre 6 du Rituel funéraire.

48 — Terre émaillée bleuatre. — Figurine funéraire d'un nommé *Pkhas*. La légende contient le texte complet du chapitre 6 du Rituel funéraire.

49 — Terre émaillée bleue. — Figurine funéraire d'un individu nommé *Phtah-mès*. Dans la légende on lit le début du chapitre 6 du Rituel funéraire.

50 — Granit noir. — Figurine funéraire d'une femme dont le nom est maintenant illisible, contenant dans sa légende le début du chapitre 6 du *Rituel funéraire*.

51 — Terre émaillée bleue. — Figurine funéraire, de travail très-grossier, d'un nommé *Har-chav*.

52 — Terre émaillée verdatre. — Figurine funéraire d'un individu nommé *Har-mès*.

53 — Terré émaillée blanche et noire. — Figurine funéraire d'un individu nommé *Ka-f-er-hah*.

54 — Terre émaillée bleuatre. — Figurine funéraire d'un individu nommé *Pet-bast*.

55 — Bois. — Figurine funéraire d'une pallacide d'Ammon.

56 — Bois. — Figurine funéraire d'une femme. Sans légende.

57 — Spath vert. — Scarabée funéraire exécuté pour un nommé *Mer-en-Phtah*. Sous le plat on lit le chapitre 30 du *Rituel funéraire*.

58 — Terre émaillée. — Deux petits scarabées portant le cartouche prénom de Thouthmès III (XVIIIe dynastie).

59 — Terre émaillée. — Petit scarabée portant le cartouche prénom d'Aménophis II (XVIIIe dynastie).

60 — Terre émaillée. — Petit scarabée portant le cartouche prénom d'Aménophis III (XVIIIe dynastie).

61 — Terre émaillée. — Petit scarabée portant le cartouche prénom de Psammétichus Ier (XXVIe dynastie).

62 — Albatre. — Deux petits vases à parfums de l'espèce que l'on nommait *alabastra*.

63 — Albatre. — Support d'un vase dont l'extrémité inférieure se terminait en pointe.

64 — Beau papyrus hiératique du *Rituel funéraire*, qui a appartenu successivement au maréchal Sébastiani et à M. Lenormant, membre de l'Institut. Il est dans un état parfait de conservation, collé sur dix grandes feuilles de carton. L'écriture est claire et des vignettes accompagnent le texte.

Il comprend la première partie tout entière, puis les chapitres 17, 18, 19, 20, 21, 22, 23, 24, 27, 26, 28, 29, 30, 33, 34, 35, 36, 38, 41, 42, 44, 45, 46, 47, 48, 49, 50, 51, 52, 53, 54, 55, 56, 57, 58, 71, 72, 74, 75, 76, 77, 79, 80, 81, 83, 87, 88, 89, 91, 100, 110, 112, 113, 114, 115, 117, 119, 122, 124, 125, 127, 128, 130, 131, 132, 138, 148, 151, 154. 155, 156, 157, 158, 159, 160, 162.

65 — Papyrus funéraire comprenant : 1° Le tableau de la Manifestation à la lumière ; 2° des invocations en écriture hiératique ; 3° trois tableaux coloriés à légendes hiéroglyphiques : le premier, de l'Adoration de la vache d'Hathor ; le second, de la Réception du mort par Ma, dans la salle de justice ; le troisième, du Jugement de l'âme par Osiris et de la psychostasie. Au-dessus de cette dernière partie du manuscrit, court une frise de très-petites figures au trait, représentant les scènes des funérailles, le combat du mort contre les crocodiles typhoniens et les symboles mystiques expliqués dans le chapitre 17 du *Rituel funéraire*.

66 — Fragment très-mutilé d'un papyrus du *Rituel funéraire* en écriture hiératicisante du temps de la XIXe dynastie, disposée en colonnes verticales allant de gauche à droite, à l'envers du sens des signes de l'écriture. Exécuté pour un scribe de la maison de la reine, nommé *Ra-mès*, et pour sa femme *Ta-ouser*. Les vignettes supérieures ont été enlevées, et avec elles les commencements de chapitres.

67 — Quatre bandelettes de momie en toile, portant des textes hiératiques empruntés au *Rituel funéraire*, avec les vignettes : 1° Tableau montrant la défunte *Nefer-eiou*, fille de *Ronpe-nefer*, adorant Osiris. Commencement de la première partie du *Rituel* avec la vignette des funérailles. 2° Fin de la première partie et tableau de la Manifestation à la lumière. 3° Chapitres 17 et 18 avec leurs vignettes 4° Chapitres 43, 50, 89, 57, 59 et 72.

MONUMENTS ASIATIQUES

68 — Cornaline. — Petit scarabée phénicien, portant gravé sous le plat, en intaille, un personnage en adoration, la tête surmontée du disque solaire.

69 — Gypse marmoriforme. — Fragment de bas-relief assyrien provenant de la décoration du palais de Sardanapale V à Kouyoundjik, sur l'emplacement de l'ancienne Ninive.

Divinité barbue, coiffée d'une tiare décorée au sommet d'une fleur de lys et à la base de trois paires de cornes de taureau. Ce dieu est muni de quatre grandes ailes, dont deux se déploient en haut et deux s'abaissent, et vêtu d'une courte tunique bordée de galons et de franges, vêtement en partie recouvert d'une longue stola bordée de franges, qui, passée sur l'épaule gauche, traverse la poitrine en diagonale et s'ouvre par devant. Il tient de sa main gauche une sorte de vase à anse en osier tressé, et de la droite présente une pomme de pin à un prêtre debout devant lui. Celui-ci est barbu, la tête ceinte d'un bandeau à rosaces, chaussé de sandales et vêtu d'une riche tunique, sur laquelle passe une dalmatique talaire et oblique. Il tient de la main droite abaissée une fleur de lotus épanouie accompagnée de deux boutons, et sur le bras gauche il porte un bouquetin (*capra ibex*). Derrière ce prêtre est un autre dans le même costume, la main droite ouverte et élevée en signe d'adoration, la gauche portant une tige de pavot munie de trois capsules.

Derrière le dieu, et lui tournant le dos, on voit une figure qui provient d'une autre scène. C'est un guerrier barbu, vêtu d'une courte tunique sans aucun ornement, armé d'un arc et d'une épée suspendue à un large baudrier brodé.

Au-dessous du bas-relief court une ligne de caractères cunéiformes du système assyrien.

H. 85 c. L. 56 c.

70 — Gypse marmoriforme. — Quatre fragments de bas-reliefs assyriens provenant de la décoration du palais de Sargon à Khorsabad :

Tête d'un dieu barbu, coiffé d'une tiare décorée au sommet d'une fleur de lys et à la base de trois paires de cornes de taureau.

Tête virile, barbue et diadémée.

Tête virile barbue, avec les fragments de cinq lignes d'inscription cunéiforme.

Fragment d'un groupe de deux eunuques portant sur leurs épaules un char dont le timon est décoré d'une tête de cheval.

71 — Chalcédoine brune. — Anneau sassanide portant, gravées sous le plat, quatre têtes d'homme, de mouflon et de taureau, réunis en croix par leurs cols.

MONUMENTS ÉTRUSQUES

72 — Albatre peint. — Urne cinéraire décorée à sa face antérieure d'un bas-relief représentant le combat d'Étéocle et de Polynice, entre lesquels est placée Eris, la discorde personnifiée, sous la figure d'une femme munie de grandes ailes.

Le couvercle, qui est antique, n'appartenait pas originairement à cette urne. Il représente une femme couchée, avec l'inscription :

Caia ..... thel a'zusa.

73 — Albatre peint. — Urne cinéraire, dont la partie antérieure est décorée d'un bas-relief représentant un éphèbe, vêtu d'une simple chlamyde, qui tue un guerrier cuirassé, lequel se réfugie sur un autel. Le guerrier tient une roue que semble lui arracher une femme. Un vieillard, qui assiste à la scène, prend la fuite. Sur les petits côtés sont figurés deux génies de la mort.

Le couvercle, qui est antique, n'appartenait point originairement à cette urne. Il représente une femme couchée, avec l'inscription :

.... *nei l felmu* ....

74 — Albatre peint. — Urne cinéraire, dont la face antérieure est décorée d'un bas-relief représentant un combat de trois héros, dont l'un se réfugie sur un autel.

Le couvercle, qui est antique, n'appartenait point originairement à cette urne. Il représente une femme couchée avec l'inscription :

.... *th.. thei l ..... rnthnl...*

75 — Bronze. — Homme nu, debout, les bras ouverts et abaissés. Il porte un collier.

H. 9 c.

76 — Bronze. — Homme nu, debout, les bras collés au corps. Un collier autour du col.

H. 10 c.

77 — Bronze. — Jeune homme debout, vêtu d'une tunique collante, brodée au col et aux manches, sous laquelle on distingue son sexe.

H. 9 c.

78 — Bronze. — Personnage debout, enveloppé d'une draperie serrée et enroulée autour du corps.

H. 9 c.

79 — Bronze. — Femme tutulée, debout, avec un vêtement collant au corps.

H. 12 c.

80 — Bronze. — Femme tutulée, debout, la main gauche étendue, vêtue d'une tunique talaire, un collier autour du col.

H. 13 c.

81 — Bronze. — Bras votif.

MONUMENTS GRECS & ROMAINS

82 — Marbre blanc. — Fragment d'une élégante statue d'Apollon nu, debout, dans l'attitude de l'Apolline de Florence. Manquent : la tête, les bras, la jambe gauche au-dessous du genou et le pied droit.

H. 88 c.

83 — Marbre blanc. — Statue de Melpomène, chaussée du cothurne, tenant la massue et le masque. La massue presque entière, la main qui tient le masque et le nez de la figure sont modernes. Il y a des restaurations assez nombreuses dans les draperies.

H. 1 m., 30 c.

84 — Marbre blanc. — Statue d'une Muse indéterminée, restaurée en Uranie. Les bras et les pieds sont modernes. Il y a de nombreuses restaurations dans la partie inférieure des draperies.

H. 1 m., 20 c.

85 — Marbre blanc. — Charmante statue de Diane Lucifère marchant, avec ses draperies flottantes par la rapidité de sa course. Les bras manquent. La tête, rajustée simplement avec du plâtre, est antique, mais n'appartient probablement pas à la statue originale.

H. 1 m., 43 c.

86 — Marbre blanc. — Statue fragmentée de Vénus au bain. La déesse, au front ceint d'un haut diadème, a le haut du corps nu et la partie intérieure enveloppée d'une draperie à franges qu'elle retient entre ses jambes serrées. Les bras manquent. Il y a trois raccordements en plâtre au col, au-dessous de la gorge et dans le milieu des cuisses.

H. 1 m., 26 c

87 — Marbre blanc. — L'Amour bandant son arc.

Cette statue, d'une rare beauté, est justement célèbre. Elle a été gravée dans le *Musée français* de Robillard-Péronville et Laurent, t. IV, pl. 34; dans la *Galerie du Muséum* de Filhiol, liv. LVII, pl. 6; dans le *Musée* de Landon, t. XV, pl. 16, et dans un grand nombre d'autres recueils. Découverte au XVIe siècle et mentionnée par le président de Thou dans ses Mémoires, elle fut acquise, en 1785, à Florence, par un amateur anglais habitant Paris, M. Crawfurd. Confisquée comme propriété d'émigré pendant la tourmente révolutionnaire, elle entra au Musée du Louvre où elle demeura pendant toute la durée du premier Empire à côté des chefs-d'œuvre rapportés d'Italie. En 1815, lors de la spoliation du Musée par les étrangers, M. Crawfurd, par l'entremise alors toute-puissante du duc de Wellington, reprit sa statue. Mais, par délicatesse pour le pays dont il recevait l'hospitalité, il évita de placer le Cupidon en évidence et le tint caché dans un appartement particulier où M. Paulin Guérin, le célèbre peintre, le découvrit parfaitement oublié, après la mort de M. Crawfurd et en fit l'acquisition.

Le bras gauche et les jambes sont une restauration florentine de la Renaissance.

88 — Marbre blanc. — Belle statue de Bacchus debout, nu et la tête couronnée de pampres. La tête est antique, mais rajustée et retouchée dans certaines parties. Les bras et les pieds sont de restauration moderne.

H. 2 m., 10 c.

89 — Marbre blanc. — Tête de Bacchus jeune, couronnée de pampres.

90 — Marbre blanc. — Statuette fragmentée d'un faunisque nu, la nébride jetée sur les épaules. Le mouvement de la figure montre qu'il jouait avec une panthère. Manquent : le sommet de la tête, les bras et les jambes jusqu'aux genoux. La partie supérieure de la figure est très-corrodée.

H. 50 c.

91 — Marbre blanc. — Buste de Nymphe ou d'Amazone, le sein droit découvert. Le travail antique se voit encore de la manière la plus claire dans les cheveux et les draperies. Les nus ont été retouchés.

92 — Marbre blanc. — Fragment d'une jolie statue de jeune homme (Actéon?) nu, debout, tenant le pedum, la tête inclinée, et les traits marqués d'une expression de tristesse. Manquent : le bras droit entier, la main gauche et les deux jambes.

H. 65 c.

93 — Marbre blanc. — Statue d'Antinoüs dans la même attitude que celle du Capitole. Le favori d'Hadrien est représenté debout, le regard dirigé en bas, contemplant les eaux du Nil où il va se précipiter pour sauver les jours de l'empereur par le sacrifice de sa vie.

Les jambes et les bras sont de restauration moderne. La tête est antique, mais retouchée, excepté dans les cheveux.

H. 1 m., 71 c.

94 — Marbre blanc. — Statue d'un empereur romain nu et debout. La tête et les bras sont de restauration moderne.

H. 1 m., 70 c.

95 — Marbre blanc. — Torse d'une statue de jeune homme nu, qui paraît avoir été dans l'attitude du Discobole. Manquent : la tête, les bras, la hanche et la jambe gauche, la jambe droite au-dessous du genou.

H. 79 c.

96 — Marbre blanc. — Torse d'une figure de jeune homme nu, avec une simple chlamyde jetée sur les épaules. Manquent : la tête, les jambes, le bras droit entier et la main gauche.

H. 57 c.

97 — Marbre blanc. — Torse d'une figure de jeune homme nu. Manquent : la tête, les bras, la jambe droite entière et la gauche au-dessous du genou.

H. 77 c.

98 — Marbre blanc. — Fragment d'un torse de jeune homme nu, dont il ne reste plus que le ventre et le haut des cuisses.

H. 45 c.

99 — Marbre blanc. — Pied chaussé du brodequin, provenant d'une statue au-dessus de nature.

100 — Marbre blanc. — Fragment du pied d'une statue colossale.

101 — Marbre blanc. — Bas-relief ayant formé originairement la partie antérieure d'un sarcophage. Un cavalier combat un lion qui en a déjà renversé un autre, abattu sous son cheval. Un autre cavalier et un homme à pied, armés tous deux d'épieux, attaquent un sanglier qui fait tête, bien qu'un chien l'ait déjà coiffé. Deux cavaliers, dont l'un porte un *bardocucullus* à capuchon rabattu par dessus se habits, poursuivent un troupeau de biches et de cerfs, parmi lesquels le principal cavalier a déjà frappé à mort de son javelot une biche. A l'extrémité du bas-relief, un homme portant le *bardocucullus*, dont le capuchou est ramené sur sa tête, arrange des rets où vont se prendre les cerfs.

Style de l'école d'Arles, du IVe siècle de notre ère.

H. 55 c. L. 2 m., 7 c.

102 — Marbre blanc. — Petite stèle funéraire grecque de travail assez grossier. Homme debout, drapé dans son manteau; auprès de lui, un enfant. Au-dessous, l'inscription :

ΕΠΙΑΝΑΞ ΠΡΟΚΛΟΥ

H. 47 c. L. 28 c.

103 — Marbre blanc. — Petite stèle à fronton provenant de l'Attique. Jeune garçon debout, avec une simple chlamyde jetée sur les épaules, des bracelets au poignet et au pied droits. Il tient dans sa main droite un pigeon et dans sa gauche un ballon (*sphæra*); son pied droit est posé sur une tortue; à côté de lui est un chien. Sur la bordure du fronton est l'inscription :

ΗΡΑΚΛΕΙΔΗC ΠΕΙΡΕΥC

H. 64 c. L. 33 c.

104 — Marbre blanc. — Petite stèle arrondie par le haut, de travail très-grossier. Le mort est couché sur un lit, ayant devant lui une table à un seul pied. Au-dessous, on lit l'inscription :

ΛΟΥΚΕΙ.ΕΥΨΥΧΙ

Aie courage, Lucius !

H. 19 c. L. 19 c.

105 — Marbre blanc. — Sthèle funéraire rapportée d'Éleusis. Femme debout, tenant à la main une espèce de battoir. Au-dessus, l'inscription :

ΧΟΙΡΙΝΗ

106 — Marbre blanc. — Plaque brisée en deux fragments, portant une inscription latine encadrée dans une moulure fort simple :

C.CAECILIO.C.>.L.EPIGONO
SVAVITTIA.>.L.GLYCINNA
CONLIBERTO.CONIVG.SVO
ET.C.CAECILIVS.C.C.>.L.PVDENS
PATRONO.FECER.ET.SIBI.ET.SVIS

C.CAECILIO.C.L.HILARO
SVAVITTIAE.P.L.MACARIAE
C.CAECILIVS.C.C.>.L.PVDENS.ET
SVAVITTIA.>.L.GLYCINNA
FECERVNT.PATRONIS.ET
SIBI.ET.SVIS.ET
Q.LAELIO EROTI

107 — Marbre blanc. — Fragment d'une urne cinéraire de forme ronde. L'inscription latine suivante est dans un cartouche que flanquent deux Génies ailés, appuyés sur des torches renversées :

D M
CN.LVCRETIO
HERMADIONI
LVCRETIA
IANVARIA
CONIVGIBENE
MERENTI
FECIT

108 — MARBRE BLANC. — Deux chapiteaux corinthiens de travail romain.

109 — BRONZE. — Figurine fondue en plein et du plus ancien style, représentant le Xoanon primitif de l'Athénée Promachos de l'Acropole d'Athènes. Trouvée à Athènes.

110 — HÉMATITE. — Amulette gnostique de forme oblongue, portant gravés en creux, d'un côté la figure de Mercure debout, de l'autre des signes cabalistiques.

111 — AMPHORE PANATHÉNAÏQUE à figures noires.

Minerve debout, armée et brandissant la lance, entre deux colonnes doriques surmontées de coqs. Devant la déesse :

TON AΘENEΘEN AΘLON

℟. Coureurs du stade.

112 — Petit LÉCYTHUS fragmenté à figures noires, de travail grossier.

Bacchus debout, tenant le canthare, entre deux *Ménades*. Le champ est décoré de branches de lierre.

113 — VASE peint à figures rouges (*hydrie*), provenant de la Pouille. *Ménade* et *suivant de Bacchus*.

114 — VASE peint à figures noires (*cylix*).

Intérieur : Au centre, le *gorgonium*.

Extérieur : De chaque côté, entre les deux grands yeux et au milieu de branches de lierre, un *satyre* enlevant sur ses épaules une *Ménade* qui joue de la double flûte.

115 — VASE peint à figures noires (*cylix*).

Intérieur : Au centre, un *satyre* agenouillé.

Extérieur : De chaque côté, un *guerrier combattant*, entre deux, *satyres* dont il est séparé par les grands yeux qui décorent la cylix.

116 — GRAND VASE peint à figures rouges (*hydrie*), provenant de la Pouille.

Édicule d'ordre ionique, abritant une grande amphore ornée de bandelettes (*le tombeau d'Adonis?*). Des deux côtés de cet édicule sont deux figures assises, se tournant le dos, mais retournant la tête de manière à se voir. A droite, un éphèbe nu, ayant auprès de ses pieds un palmipède (*Cypros*, frère d'Adonis?) A gauche, une femme vêtue de la tunique et de l'ampéchonium, coiffée du cécryphale, aux pieds de laquelle est un cygne (*Vénus*). Au-dessus de chacune des petites anses latérales on voit un lièvre courant.

117 — VASE peint à figures rouges (*amphore*), provenant de la Basilicate.

Tête de femme à droite, coiffée du cécryphale, avec un collier et des boucles d'oreilles (*Coré ?*).

℞. L'*Eros hermaphrodite* des mystères, assis sur un rocher et tenant à la main une grande scaphé. Dans le champ, la ciste.

118 — PÉLIKÉ de la Basilicate, à figures rouges.

Tête de femme comme au numéro précédent ; derrière, le tympanum.

℞. L'*Eros hermaphrodite*, assis sur un rocher, tenant une pyxis entrouverte. Devant lui, une branche de laurier ; derrière, le tympanum ; au-dessus de sa tête, une couronne.

119 — Cylix à figures rouges, de forme profonde, provenant de la Basilicate.

A l'intérieur, guirlande de pampres peints en blanc.

Extérieur : Ephèbe, la moitié du corps nue, assis sur une cliné, tenant une scaphé pleine de fruits, à qui une femme, vêtue de la tunique et de l'ampéchonium et tenant une pyxis fermée, présente une branche garnie de fruits. De l'autre côté, éphèbe semblable au précédent, ayant l'*iynx* sur sa main droite, assis en face d'une femme également assise, tenant une pyxis fermée et une couronne.

120 — Vase peint, à figures rouges (*scyphus*).

Éphèbe tenant la sphaera.

℞. Femme tenant une fleur, debout. Devant elle, une stèle.

121 — Deux petits vases peints à figures noires (*lécythus*), de travail grossier.

Déesse montant dans son char. Autour sont trois autres figures, dont une assise devant le char.

122 — Fragment d'une *cylix* à figures rouges, comprenant seulement la partie centrale de l'intérieur.

Parodie de la fable d *Œdide* et du *sphinx*. Un *satyre*, chauve et barbu, imitant dans sa pose l'attitude du sphinx, pose d'un air narquois l'énigme à un *éphèbe*, qui se tient debout devant lui, enveloppé dans un manteau.

123 — Vase peint à figures noires (*amphore*). Éraste et Éromène debout en face l'un de l'autre.

℞. Deux athlètes barbus placés en face l'un de l'autre, au moment d'engager la lutte.

124 — Vase peint à figures rouges (*cylix*), d'un très-beau travail, provenant de Vulci.

Intérieur : Homme debout, enveloppé dans un manteau, entre un autel et une stèle.

Extérieur : Banquet de huit éphèbes couchés sur les lits du triclinium.

125 — Vase peint, à figures rouges (*cylix*).

Intérieur : Au centre, deux éphèbes enveloppés de manteaux, debout en face l'un de l'autre.

Extérieur : De chaque côté, une femme vêtue d'une longue tunique et d'un ample péplus, entre deux éphèbes enveloppés de manteaux.

126 — Cylix fragmentée à figures rouges.

Intérieur : le même sujet que sur la précédente.

Extérieur : d'un côté, trois éphèbes debout, enveloppés de manteaux et appuyés sur leurs bâtons. De l'antre côté, trois éphèbes enveloppés de manteaux et appuyés sur des bâtons, l'un assis et les deux autres debout.

127 — Verre. — Vase à parfum, de forme dite lacrymatoire.

MONUMENTS DU MOYEN-AGE

ET DE LA RENAISSANCE.

128 — Albatre peint et doré. — Trois petits bas-reliefs, d'un travail assez grossier de la seconde moitié du xve siècle, provenant de la décoration d'un retable : 1° Saint Jean-Baptiste ; 2° Couronnement de la Vierge ; 3° Saint Jean l'évangéliste.

129 — Albatre peint et doré. — Quatre petits bas-reliefs, d'un travail assez grossier de la seconde moitié du xve siècle, provenant de la décoration d'un retable : 1° L'Annonciation ; 2° L'Adoration des Mages ; 3° L'Assomption ; 4° Le Couronnement de la Vierge.

130 — Marbre blanc. — Haut-relief représentant une figure de femme debout dans une niche, du plus gracieux mouvement, mais malheureusement à l'état d'ébauche. Style de la Renaissance italienne.

H. 80 c.

131 — Marbre blanc. — Magnifique groupe représentant sainte Anne debout avec la Vierge enfant, à laquelle elle apprend à lire. Style de la Renaissance française.

H. 1 m., 70 c.

132 — Marbre blanc. — Deux médaillons en pendant, représentant Auguste et Agrippa. Travail de la Renaissance française.

SCULPTURES MODERNES

133 — Marbre blanc. — Quatre médaillons de style Louis XV formant deux couples, l'un d'un Faune et d'une Nymphe, l'autre de deux Bacchantes.

134 — Marbre blanc. — Jolie copie de l'Apolline de Florence, qui a fait autrefois partie de la collection Aguado.

H. 1 m., 46 c.

OBJETS INDIENS

135 — Bronze. — *Vichnou*, le conservateur, deuxième personne de la *Trimourti* ou triade indienne, debout, muni de quatre bras, ayant auprès de lui l'aigle *Garoudha.*

H. 9 c.

136 — Bronze. — *Siva*, le destructeur-régénérateur, troisième personnage de la *Trimourti* ou triade indienne, muni de quatre bras, tenant dans deux de ses mains l'*Agni-astra* ou trait de feu, les deux autres ouvertes (l'une élevée en signe de bénédiction et l'autre abaissée), montrant sur leur paume le carré mystique. A côté de lui est son épouse *Parvâti*, déessse de la vie et de la reproduction. Trois exemplaires.

H. 12 c.

Trois exemplaires.

137 — Bronze. — *Siva-Mahadéva*, muni de quatre bras, assis, le pied sur un tigre, tenant l'*Agni-astra* et un serpent. Au pied du rocher où il est assis, on on voit un serpent, un quadrupède difficile à déterminer et deux petites figures humaines.

H. 8 c.

138 — Bronze. — *Siva-Mahadéva* muni de quatre bras, la tête surmontée du serpent *Sêcha* aux nombreuses têtes, symbole de vie et d'éternité, debout sur une esèc de trône richement orné, entre *Parvâti*, son épouse, et *Lakchmi*, déesse de l'abondance, de la prospérité et de la beauté, toutes deux également debout.

H. 11 c.

139 — Bronze. — *Siva-Mahadéva*, muni de quatre bras, assis à la fois sur un tigre et sur le bœuf *Nandi*, et tenant sur ses genoux son épouse *Parvâti*.

H. 10 c.

140 — Bronze. — *Siva-Mahadéva* assis', muni de quatre bras et portant l'*Agni-astra*. Sur ses genoux est son épouse *Parvâti*.

H. 10 c.

141 — Bronze. — *Ganésa*, dieu de l'année, du succès, des nombres, de l'invention et de toute sagesse, en général, à tête d'éléphant et à quatre bras tenant le *paraçon* ou hache, le *trisoula* ou trident, une coupe de fruits et la fleur du lotus. Le dieu est assis; à ses pieds est le rat qui lui sert de monture.

H. 20 c.

142 — Bronze. — *Krichna*, huitième *avatar* ou incarnation de *Vichnou*, dansant et jouant de la flûte. Cette figure divine, essentiellement astronomique, personnifie le soleil.

H. 19c.

143 — Bronze. — *Radha* ou *Roukmini*, femme de *Krichna*, accompagnant la danse de son époux. Cette représentation symbolise la lune, dont le mouvement semble accompagner celui du soleil.

H. 19 c.

144 — Bronze. — *Krichna-Soleil* dansant, muni de quatre bras.

H. 10 c.

145 — Bronze. — *Dévaki* tenant dans ses bras son fils *Krichna*. La déesse est assise sur un tigre.

H. 13 c.

146 — Bronze. — *Krichna* enfant, jouant à terre.

H. 9 c.

147 — Bronze. — Figurine semblable, mais de plus petite dimension.

H. 4 c.

148 — Bronze. — *Bouddha*, neuvième avatar de Vichnou, assis, dans l'attitude de la méditation, sur un trône magnifique que surmontent les nombreuses têtes disposées en éventail du serpent *Sècha* ou *Ananta*, symbole de vie et d'éternité. La main droite du dieu, élevée et ouverte, montre sur sa paume le carré mystique.

H. 21 c.

149 — Marbre en partie peint et doré. — *Bouddha*, assis dans l'attitude de la méditation.

H. 1 m.

150 — Bronze. — *Bouddha* assis dans l'attitude de la méditation, la main droite élevée et ouverte, montrant dans sa paume le carré mystique.

H. 18 c.

151 — Bronze. — *Bouddka* assis, dans l'attitude de la méditation.

H. 9 c.

152 — Bois. — Vingt-quatre plaques sculptées, provenant de la décoration d'une pagode et portant les sujets presque tous relatifs à l'histoire de *Vichnou* et à ses incarnations.

On y remarque :

1° *Sacti-Trimourti*, triade des énergies divines formée par les épouses des trois dieux suprêmes ;

2° *Indra* foudroyant *Vrître* ;

3° *Vichnou* dans la grande matrice divine appelée *Bhavani-Yoni* ;

4° *Lakchmi*, épouse de *Vichnou*, tenant une flèche,

5° *Parvâti*, épouse de *Siva*, portant le trident et ayant auprès d'elle un faon ;

6° *Lakchmi* montée sur un paon ;

7° *Vichnou* monté sur l'aigle *Garoudha* et ayant auprès de lui son premier avatar *Matsyavatara*, l'homme-poisson ;

8° *Narasinhavatara*, l'homme-lion, quatrième incarnation de *Vichnou*, saisissant le géant *Hiranyacasyapa*, qu'il renverse ;

9° *Vamanavatara*, cinquième incarnation de *Vichnou*, sous la forme d'un nain ;

10° *Parasou-Rama*, sixième incarnation de *Vichnou*, sous les traits d'un guerrier armé d'une manière terrible ;

11° *Hanouman*, roi des singes, qui vint au secours de *Rama* (septième avatar de *Vichnou*) dans sa guerre contre *Ravana*, roi de *Lanka* ou Ceylan ;

12° *Krichna* (huitième incarnation de *Vichnou*) enfant, monté sur un arbre, se jouant des *Gaupis* ses nourrices, dont il tient les vêtements ;

13° *Krichna*-pasteur entouré des animaux.

153 — Bronze. — Trois figurines représentant un prêtre bouddhiste en prières, accroupi sur une natte.

154 — Bois peint et doré. — *Fô* ou *Bouddha* accroupi, dans l'attitude de la méditation. Travail chinois.

H. 42 c.

OBJETS DIVERS

155 — Rouleau de synagogue écrit sur peau, contenant le texte du livre d'Esther en hébreu.

156 — Tableau de synagogue écrit sur parchemin, avec un bel encadrement en tapisserie, du xviie siècle. Ce tableau contient le décalogue en hébreu, avec quelques commentaires intercalés entre les différents commandements, en plus petits caractères.

157 — Runakefli ou calendrier runique, provenant de la Norvège. — C'est un bâton plat qui porte sur une de ses faces des signes gravés et disposés en trois registres. A la ligne supérieure est une série de sept lettres runiques, F U D O R K H, servant de lettres dominicales et désignant les jours de la semaine, série répétée autant de fois qu'il y a de semaines dans l'année. Les grandes fêtes sont indiquées au-dessus par une croix et les fêtes de moindre importance par une demi-croix. A la ligne intermédiaire est une autre série de lettres indiquant le cycle des nombres d'or. Enfin le registre inférieur est occupé par des figures faisant allusion aux fêtes des différents mois et aux opérations agricoles qui s'y exécutent Cette espèce de monuments, dont l'usage a cessé depuis plus d'un siècle en Norvège, est devenu de la plus grande rareté.

158 — Deux autres RUNAKEFLIS, ne portant que les lettres dominicales et les signes des nombres d'or.

159 — Deux fétiches en bois, à figures monstrueuses, des indigènes de l'Océanie.

160 — Manuscrit thibétain en forme de rouleau, renfermé dans un étui d'or.

161 — Autre manuscrit thibétain en forme de rouleau.

RENOU et MAULDE, imprimeurs de la Compagnie des Commissaires-Priseurs
rue de Rivoli, 144. 8796

www.ingramcontent.com/pod-product-compliance
Ingram Content Group UK Ltd.
Pitfield, Milton Keynes, MK11 3LW, UK
UKHW021959260726
13994UKWH00004B/1837